やがて魔女の森になる

川口晴美

思潮社

やがて魔女の森になる

川口晴美

思潮社

目次

装画＝イケムラレイコ
装幀＝白本由佳

やがて魔女の森になる

川口晴美

気がかりな船

わたしたちの船が陸に近づく
近づくにつれ速度を落としているのか
それとも心急くように速めているのかはわからない
最初は船室の窓ガラスの汚れにしか見えなかった黒い影が
ふやけるように滲んで水平に伸びてゆくのを日ごと眺めているうちに
長いあいだ海のものにかんぺきに同調して揺れていた体の内側を満たす暗い水の
奥深くに知らない磁石が埋め込まれていたみたいに
陸へ
引き寄せられてわたしは
わたしたちは巣箱のように重ねられたたくさんの小さな部屋のなかで波立ち
いそいそと上陸の支度をととのえて待っていた

接岸の朝

あかるい音楽とともに船内放送はひびわれ最上級の丁重さで待機が求められる
わたしたちのうちのいくぶんかは病を得ている可能性があるから
船旅の終わりにあたって検査し治療を施してくれるという
これほど健やかなのに
扉は開かれず
土産物をつめ込んだおもい鞄をおろしてそれぞれの船室に座り直すわたしの
わたしたちの体は奉仕を甘受することに慣れきっていて
おとなしく検査の順番を待つしかない
ないのに
いつまでたっても検査官は訪れない
停泊後はわたしの船室の窓からは陸が見えなくなり
何もすることがないまま明るくなってまた暗くなる空のしたの海を見ていると
まだ航海の途中のように思えてしまう
遠雷めいた音が一定の間隔で轟くが機影は見えない

やがて飛行機ではない音がぱらぱらと頭上の空気を掻きまわして止まなくなる
ヘリコプターだろうか何かが起こっているのだとしても
知らされなければ何も起こっていないのと同じ
部屋から出ずにお過ごしくださいと朝夕に繰り返されるアナウンスは
命令というよりは忘れっぽいわたしたちに禁忌を思い出させる親切な響き
食事は日に三度うつくしいプレートに盛りつけられて部屋の外に置かれる
控えめなノックが聞こえたあと少し待ってから扉を開けると
廊下にはもう誰もいない
誰にも会わない
取り残され
頭上をきりもなく旋回していたはずのヘリコプターの音もいつのまにか絶えて
じんるいがほろんでしまったような気がしてくるけれど
それなら壁の向こうで時折ひそやかに蠢く気配や声がするのは
航海中に顔見知りになったあの老夫婦や愛想のいい姉妹ではない何かべつの
見たことのない生き物なのだろうか

そんなわけはないのに想像してひとりで可笑しくなって笑って
わたしもまた誰の目にもうつらない生き物になって
待っている
いる
と
わたしたちこそが病そのものなのだということがゆっくりと腑に落ちてくる
陸へ広がってはいけないから
繁殖も繁茂もしないように
ここで
阻まれているのだ
きっと殲滅するのは憚られて自然に潰えるのを気長に待って養っているのだ
待たれている
ずるいなこっちも生きているのに
そんなわけはない船内放送がわたしたちのための安心安全を丁重に日々うたう
足裏の遥か下方で汀線が笑うようにふるえて

それなら陸が病そのものなのだろうか
またたくまに町から町へ広がり平野を覆い尽くし山脈を駆けあがって谷を埋め
なすすべもなく蔓延する病そのものと化した陸が
わたしたちに触れないよう
汚染されていない個体であるわたしたちのうちの何体かをキープしておくために
ここに
留められ保存されているのだとしたら
いったいいつまで
やってくるはずの訪問者が白衣の検査官なのか防護服の殲滅者なのか
わからないから考えるのはやめてしまって
配給されたオートミールをひんやり磨かれたスプーンで掬う朝の味はない
外のせかいはもう終了しているのかもしれない
おかわりはできないかもしれない
それぞれの部屋の床に沈みつつあるわたしたちのおもい鞄のなかで
それが何だったか忘れたけれど何かが腐ってゆく

やがてからっぽになる
船は
気がかりだけを乗せて
浮かんでいる

春とシ

なぜここにこうしてわたしが生きているのかわかりません
生き残っているのがどうしてこのわたしなのか
わかりません
たくさんのシンでいったものたち
すぐ隣で
遠いところで
撒き散らされたシの光は
きれいでしたか長いながい時間に隔てられて届く春のように
それとも一瞬だったのかな
光は今もそこらじゅうにあふれるみたいに潜んでいて
海からきたものがそれをしました

海そのものでした
それはわたしのなかにもあるものでした
それはわたしのなかにもあるものだとわかりました
わかるよいつもわたしのなかにあって潮のにおいの生臭く
なつかしい無垢を白々とひらききってしまえばあああここには何もない
かわりに血と肉をぼとぼとこぼした
破れてほどけていくのはこわいだろうか
逃げたかったのだろうか
行く先はなく震えるようにただ蛇行した
壊れるというのはあたらしいかたちになるということ
覚えていないはずのことを思い出しそうになりながらわたしもいつか
むじゃきな畳水練みたいにひとり部屋の隅を這ったのだろうね
立ち上がれるなんて知らなかった
知っていたのはわたしのアシ
わたしのなかのシが

立ち上がったんだ
世界
すべてが変わっていく
壊れて
地下なのか夜なのか明かりというあかりの失われた場所で
おそろしいことかすばらしいことが起こるのをわたしは待ちました
わたしのようなひとたちはたくさんいて
わたしたちの黒い暗い目をひらききっていました
あああ上に何かいる
いる
おそろしくてすばらしくて明滅している
いるのに闇の底をふりあおぐように見つめても
空だけがひろがって引き裂かれて
からっぽです
ひとかけらもイシのない清らかな破壊

何もない
すぐ隣で誰かが
友だちかもしれない恋人かもしれないわたしの
母親かもしれない誰かが手をあわせて拝んでいました
それはいいかんがえだね
祈ろう神社とか仏壇の前でやるのとおなじように
カミサマってことにしよう
行く先などないから
シンでいく
わたしに似た誰か
わたしではない誰か
なぜそれがわたしではなかったのか
わからなくてわたしは手をあわせることができません
この手は届かないそういうふうにはできていないわたしのシ
わたしがそれを生んだのです

うみました
夢のなかで血だらけで
ぎざぎざの体に内部を切り刻まれて叫びながら
うみ落としました何度もなんども
それは避難所の夜のこと
あるいは仕事の果てに机へ突っ伏したまま寝てしまった朝のこと
シャワーを浴びたのはもう何日前なのか
毛羽立ったタオルケット
束ねられた書類も移動させたコピー機もそのままに
どこへも届くことのない言葉
咆哮が
凍りつく
シ
黙って
凍りつきました

なぜここにこうしてわたしが生きているのかわかりません
春になったら溶けるでしょうか
近づくことはゆるされていないから
立入禁止のテープがきっとうつくしく翻るから
遠く隔てられたところで
生き残った屋上でわたしはそれを見ます
たくさんのシンでいったものたちと
見ますわたしたちは
あれは
カミサマなの？　とわたしの生まなかった子どもが指さしても
答えられない名づけることはできない
わかりません
だから春になったら
ピクニックのように出かけてゆきましょうね
祈るかわりに

わたし
わたしたち
お墓参りみたいに
動物園に行くみたいに
おにぎりやサンドイッチを持って
それが何だったかわからないくらい壊れてしまった欠片を踏んで
生まれたばかりでまだ何になるかわからない欠片に混じって
あそこまでゆきましょう
春になったら
シにゆく
世界
光あふれるところに
生まれます
あたらしいかたちで

＊映画『シン・ゴジラ』（庵野秀明監督）の世界で

水の繭期

水の牢獄にぼくたちは閉じ込められる
暗闇の雫がぼくたちを繫ぎとめている

たえまなく壊れて生まれる鎖の
仄かな痛みが肌を滑り落ちて目覚めて
ちいさな三角をつくるかたちに膝を抱えると
薄いからだはひっそり底から滲んで広がってゆく
まるい後頭部をもたれさせる水の壁はゆるやかに渦巻いて
ゆめのなかの悲鳴に似た波紋を反響させ
ねえ　そこにいる？
そこって？

近く
チ
ぼくとぼくとぼくたちの言葉はたまに意味がつうじないから
暗くてよくみえないからヨルの鳥みたいに
おなかが空く
だれかが笑ってる

それは何日目のことだろう洞窟のぼくたちは誕生して
わからない外は晴れて乾いているのか曇りか
市場の天幕に土埃は降るか草は蒼い傷口を揺らしているか
わからないからぼくたちはぼくたちの
ものがたりを始める
ゆびは五ほん
目はふたつ
みっつの方がかっこいい？

じゃあ隠しておこう溢れてしまわないように
手はふたつずつ
こうしてひとつはぼくと
もうひとつはきみと結んでおくために
片方は内側をもう片方は外側を触れるように
物語のくちは数えきれない

毛むくじゃらの獣のやわらかく尖った耳を撫でたこと
抜けない棘が皮膚の下できれいな模様になったこと
発熱して吐き戻した牛乳の不思議なにおい
どうしても割ってみたくて窓ガラスに突き入れた踵のくすぐったさ
ぼくたちはそれぞれの手のひらで記憶をぎゅっとにぎって
歪なかたちのまま食べさせあう
触れあって混ざりあって
これはぼく

それともきみ
ぼくとぼくとぼくたちは混ざって溶けあって数えられなくなって
ねえ　ここにいる？
ここって？
ぼくは
イル？

きみはぼくでぼくはきみでぼくたちは
ほんとうはどこにもいないのかもしれないね
ここに閉ざされて気づかれないのならえいえんに
いるのといないのはおなじこと
どっちでもいいんだほんとうであってもほんとうじゃなくても物語は
くちから溢れてしまうから閉じられない続きがくるくる絡まって
幾筋にも分かれていく流れ
ぼくたちの唇は羽のように一対だ

分かれて囀りくちづけるたびに
壁の床のきみの水には言葉のカケラが入り混じり
喉から胸へ空っぽの内側を通り抜けながら
宥めるように撫でるように繰り返し巡ってぼくたちの
さんかくでまるいかたちを
変えていく

水の牢獄は少しだけあまい味がする
地なのか血なのか
チチチッと鳴いて嘘をつけばそれも溶けて
水はどんな色をしているのか暗くてみえないけれど
いる
いらなくなったら排出
されるのかなぼくたち救出しようとする知らない手に引かれて
ひとりずつ順番に

それとも消えてしまうのだろうかいっせいに
学校を卒業するみたいに飛び立ってあとかたもなく
外の光は眩しくて
きっと暗闇よりもぼくたちをみえなくさせるその場所は
約束のない明日という時間に似て果てしなく
壁も床もない広いひろい牢獄

いなかったのかもしれないぼくとぼくとぼくたちが
それでも触れあったことこそ
なかったことにはならないよ
もつれた物語の
定まらない言葉のかたち
痛いまま
内壁に刺青されるから
出ぐちが開いていつかすべてが消え去っても

水は空っぽの眠りを抱き続けるだろう
チ
チチ
おぼえているよ
なんどでも生まれて壊れるゆめの
連なり滴って流れたあとは深くふかくしるされて

わたしの今日をかたちづくる

＊舞台『TRUMP』シリーズ（演出・脚本：末満健一）のイメージがあります。

閃輝暗点

いちにちのことを終えて
それはもちろんいちにちでは終わらないから日付は変わっていて
それでも終わらなかったことはため息といっしょに部屋の隅に押しやって
テレビをつける
深夜アニメを見るために
じぶんを少しだけ許すみたいに
フラットでにぎやかな人工の色を浴びて光に包まれると
それはあたたかくもなく冷たくもなく
ようやくわたしはここにいなくなることができる
（二〇一一年の三月半ばにもうテレビを見たくなくなって

しばらくは全然つけなかった
テレビはつくられた物語や映像でいつでも
こちらの感情と感覚を刺激してもてなしてくれるから
その四角い光の画面に切り取られた暗い水の流れや土や人の姿は
ほんとうのことのはずなのに見ているうちに
こちらの感情と感覚を刺激してもてなしてくれるものを
見ているのとまるで変わらない気がしてきて
ただ消費しているだけのような気がしてきて
じぶんを許せなくなった
悲しいと感じることも怖いと思うこともほんとうは娯楽じゃない
あれからずっとニュースもバラエティも見ていない）

深夜アニメだけ
一週間に三十分ずつ進むいくつもの物語がわたしをあかるませる
どこにもない学校で、体育館で、路（ロード）で、コートで、廃墟になった街で、

くっきりとやわらかな輪郭線に縁取られた彼ら（キャラクター）が
走って、競って、叫んで、笑って、傷ついて、勝って、
負けて、何度でも、跳躍する
たいていはわたしが軽く生める年齢の彼ら
ほんとうは誰ひとり生んでいないしわたしはここにいないから
光のように涙だけがどこからか生まれて流れる
負けていく彼らの姿がわたしのなかの痛みに合流する
ゴールラインを真っ先には踏み越えられず
ボールに追いつけず
試合終了のブザーにうちのめされ
トーナメントなら県内予選の初日で全体の半分は負けるからそこで終わり
主人公でもそうじゃなくても
どんなにいっしょうけんめいにやったとしても
かなわないという鮮やかな痛みが
いないはずの体を繰り返し揺さぶっている

（背の低い順に並んだ最初の五人で走って三番
それが子どもの頃の駆けっこでわたしがいちばん速かった順位だ
大人になったって忘れない
どんなにがんばっても足は速く動かないしゴールは遠い
どんなにがんばってもどうにもならない世界に生きているんだなって
半透明の薄い膜を隔てて眺めている気分のまま大人になって
がんばれば速く走れるしリレーのアンカーでゴールテープを切れる誰かは
ぜんぜん違う世界を見ているんだって大人になってから知った
努力して闘って勝つ、なんて
それだけじゃやっていけないよねほんとうは
負けていくわたしや誰かは
他の誰かのために消費される物語じゃないからたぶん夜はまたあける）

寝不足のまばたきが覚醒の汀を攪拌する

前に見たことのある回だから負けるってわかっていても再放送を
見ながらもしかしたら今度はってどこかで思って三月の新しい涙が流れる
やっぱり結末は変わらなくて
わたしは許されずにここにいるから
テレビを消し
今日は勝った彼らの
負けたあとにそれでもきっとまた立ち上がって歩く彼らの
ゴールラインの向こう側
落ちて転がったボールの届いていく先
終了のブザー音が消えてから
物語の外にあけていくはずの夜を抱いて眠りにいく
倒すべき悪い敵はどこにもいなくてただ生きて糾われて続いていく世界の
輝くような痛みのなかに生まれる
別のいちにちを待って

つつむ

斜めに吊られた紗幕のように細かな雪が降っている
朝の窓の外で町は静かに蒼白く
はじめてなのに知っている気がするのは
きのう山脈を越えてきたせい
弓形の島のこちら側とあちら側では冬も雪もちがっていて
東京の乾いた街路に雪が積もってもなつかしいなんて一度もおもわなかったけど
ここは子どもの頃になじんでいた冬の荒れた海のにおいがするから
すこしうれしい
そういえば空港から乗ったバスのなかで
重そうに垂れ込めた鉛色の雲とか冷たい波飛沫をあげている暗い日本海とか
見ていると細胞がざわざわするみたいに何か漲ってくるんだよねと

ひみつをうちあけるように囁いても
山に囲まれたところで生まれて育った女ともだちは
へえと言ったきり眠そうにあくびをしたのだった
今朝はホテルのポットでお茶を淹れて
食事はかんたんに
コートと帽子と手袋で傘をさして
出かける
浮かぶ家を見に行く
美術館の内に運び入れられて浮かんでいる家
蚊帳よりもっと繊細な糸で編まれたような半透明の薄い布で
つくられている門や瓦屋根や格子窓や扉は
わたしと同じ年にちがうところで生まれて育ったス・ドホ（DO HO SUH）というひとが
子どもの頃に暮らしていた建物のかたち
記憶のかたち
淡い色が光に透けて滲むように揺れている

わたしたちは（うっかり布を引っかけて破いたりしないように）しずしずと
そのなかへ入ることができる
自分のじゃない記憶のなかを
歩く
夢を横切る幽霊みたいに
わたしが生まれて育った家はもうこの世のどこにもない
日本海のちいさな湾のひとつに流れ込む川の近く
二軒を背中あわせに繋いだ市営住宅の
磨り硝子の嵌った引き戸の玄関と北向きの狭い台所に六畳と四畳半
何年か前に近くを通ったらあとかたもなく取り壊され
区画整理も終わってどこに建っていたのかさえわからなかった
さみしいとはおもわなかった
ニューヨークに移り住んだス・ドホ（DO HO SUH）はソウルの生家がなつかしく
折り畳んでスーツケースに入れて持ち運べるように布で実物大に再現したという
その気持ちを想像してみようとしても届かない

ぼんやり見あげる
透ける布越しに美術館の壁や天井が見える
外ではきっとまた紗幕のような雪が降っている
ふいに思い出す
子どもの頃の雪の朝の庭につくられていた白いドーム状の空間
屋根の雪をおろしたついでにあれをつくった父は今のわたしより若かったのだ
雪はすぐに溶けてとうに失われてしまった空間が
わたしのなかに今もひんやりと眩しい
そのまま見あげて歩く
ポジャギのイメージなのかもしれないねと
追いついた女ともだちが隣で教えてくれる
韓国でものを包む布をそう呼ぶのだとわたしは知らなかったから
その音を飴玉みたいに舌で何度も転がしてみる
すこしずつ胸のなかへしたたっていく
父と母が市営住宅から引っ越した一軒家には

休暇のたびに帰ったけれど住まなかったせいか夢にみたことはない
一昨年すべての家具と荷物を運び出したあとに見渡したら
床も壁もすうすうと頼りなくまるで関係のないもののように見え
あれを折り畳んで持っていきたいだなんておもいもしなかった
今はたぶん知らないひとが住んでいる
ただそれだけ
つめたいのだろうかわたしは
なにかあたたかいものを食べに行こうよと
美術館の出口で言われ
笑ってうなずく
雪はやんで
わたしたちは
溶けていく雪に覆われた歩道の端で湿った地図を開く
胸のなかではまだ家が揺れている
わたしの夢にあらわれるのはいつもあの古い市営住宅だ

玄関をあがると廊下に電話台が置いてあって右側はトイレ
台所では水屋の硝子がきしんで湯沸かし器にカチリと青い火が灯り
六畳間から庭へおりるときは重い木の雨戸を仕舞う戸袋に右手をかける
もうどこにもない家がわたしのなかにだけある
誰もそこへ入ることはできない
わたしという記憶の滴が時折そこにしたたたって
したたってすこしずつ薄い水の膜になる
覆っていく
四畳半に置かれた低いテーブルの前に死んだ父が座って新聞を開き
若い母が箪笥の引き出しからあたらしいタオルを出し
弟の幼い指が窓の木枠の鍵をきゅるきゅるまわす
木目を顔に見立てるのに飽きてしまっていた天井
ひとつひとつていねいに
わたしの水で包む
布のかわりに

土手の向こうを流れていた川の
橋を渡るたびに見ていた海の
雪を降らせる湿った空の
水で
包むと
微かに漣立ついくつものビー玉に似た透明なものの内側に
触れることのできない場所が震えて息づき
わたしのなかを深く
深く沈んでいく
雪がまた斜めに降り出して
わたしたちはランチの店へ駆け込んだ
コートと帽子と手袋を脱いで
座るわたしのなかに水で包まれた場所は見えるだろうか
向かい合う女ともだちのなかには山が見えたりするだろうか
あたたかい魚介のスープをください

湯気は浮かびあがりそれからゆっくりと沈んでいく
明るんでいく

＊金沢21世紀美術館での「PERFECT HOME」展の記憶をもとに。

遊泳

何人かでボートを漕ぎ出して砂浜を少しだけ離れた
夏の海水浴場、あれはいつだっただろう
わたしはたしか二十歳になる前
数ヶ月ぶりに会う高校の同級生たちに誘われ
その朝は早起きをしてしばらく電車に乗ったはず
いっしょに泳ぎに行くほど親しかった気はしないのに
夏休みだからいいことにして
ビニールバッグに水着とタオルを入れた
強い陽射しとなまぬるくなった海水
混んでいるからボートであの辺まで行こうって
言われるままゆらゆら

遊泳区域を示すブイが浮かぶあたりへ漂って行った
砂浜付近よりも深く澄んだ海に
飛び込んで泳ぎ
こわくなる前にボートへ戻って一休み
気持ちよく繰り返しながら
そういえば原子力発電所が近いんだって思い出したけど
それをどう思えばいいかわからなかったし口にはしなかった
何度目かにボートへ泳ぎ戻ると
いつのまにか這い上がるのに苦労するくらい疲れていて
あとはボートに座って海と友人たちを眺めていた
だから、あれはいつだった？
原発が爆発したらきっと国道は封鎖されて
わたしたちみんな放射性物質になって
逃げられないように閉じ込められるよねって
冗談半分に笑い合ったのは

海からの帰り道だったのだろうか
陽に焼かれた背中がとても痛かった
そのことは覚えているくせに
思い出せないことと忘れられないことの間に
今もブイのようななにかが揺れて
わたしを逃げられなくする

青葉通り

新幹線で北へ二時間足らず
密閉されて運ばれてきたなまぬるい体は
駅前に降り立つ爪先からまたたくまに更新され
透きとおった冬がさらさら流れていく川を渡るように
踝までひんやり浸して道幅の広い通りを横断する
地図で見るより対岸は遠く
青い光が途切れそうになるから
いつもより早足になり
銀行のビルをよぎって落ちる夕暮れの陽射しが
磨かれた刃みたいにきれいにわたしを
切り分けてしまう一瞬

この街で暮らすことを想像する
いま持っているものの大半を処分して
少しだけあたたかい下着を買い足す
ここから地下鉄かバスで何区間か移動したあたりに
一間のアパートを借りよう
知っているひとは誰もいない
仕事をみつけるのはむずかしいかもしれないけれど
書店で新刊本を並べたり
スーパーの精肉売り場の裏でパック詰めをしたり
うまくできなくて怒られた日は
光の樹木の並び立つ森に似た図書館に寄る
たまに贅沢をして和菓子屋で生菓子をひとつ選び
買って帰ってひとりで食べる
そうして
わたしの知らないわたしのなかで

コトバは吹き払われて消えてしまうだろうか
それともちがう何かになるのだろうか
夜の近づく対岸にたどり着いて
息をととのえる
ぶれながら輪郭は重なって
次の通りへと地図を確かめ
まるで次の季節が来るのを信じているみたいに
踏み出していく

越えて

子どもの頃からこうやって線を引いて遊んでいるよねぼくたち
校庭にはあらかじめ粉っぽい白線がしるされていたけどそれは退屈で
だから走って鉄棒をくぐり抜け半分だけ埋められたタイヤの列を踏みまたいで
校舎の陰のひんやり湿った地面に
運動靴のつまさき押しつけて片足跳びをしながら
線を引いていく最初と最後をぐるりつないだらほら大きな島だ
線の外側は海
やわらかい土のうえ歪な花のようにひらいたぼくたちの島に
たからものを隠して休み時間のあいだじゅう
おたがいを海に落っことそうと体ぶつけあった
手についた錆のにおい日に焼けたゴムタイヤのにおい窓ガラスは光って

まぼろしの波飛沫を見るぼくたちの
皮膚は海のにおいがした
それは外側なのか内側なのか
線の外側には出ちゃいけないきまり
なのにあふれそうになる
たのしくて
つまさきばかりが羽のように汚れてしまう
日曜は学校へなんか行かない
空地のそばの道は車も通らないから
白くかける石をひろって誰もいないアスファルトに
線を引いていくたったひとりでも
○とか×とかむずかしい漢字を勝手につくってみたり
恐竜とかマンガの絵とかはすぐに飽きちゃって
なんでかな「バカ」とか「うんこ」とか書くと愉快なきもちになって
おなか痛くなるくらい笑っちゃうけどそれも一瞬のこと

だからただ線を引く
できるだけまっすぐに世界の果てまで
ざらざらの路面にこすれてふるえる指と手のひらがくすぐったい
どこまでも遠くへ
いくはずだったのに道は途切れて
世界の果てはすぐそこにある
ここから先へは行けないよって誰かが引いた見えない線に
立ち止まって立ちすくんで
陽射しを浴びた後頭部がくるしくなって膝の擦り傷に砂が入り込んでいる
それで見上げたら頭上はるか飛行機雲が伸びていたりするんだ
あれはきっと空を切り開くためにしるされた線
知らない何かに触れるのは痛いかもしれないのに
あふれてしまうよね
たからものはまだここにある
向こう側にもあるって知っているから大人になってもぼくたち

越えていく皮膚
滲んだ線は空のにおいがした

ママレード

あぶないから手をつないでいてって言われるたび
恥ずかしくて汗ばんだ手を後ろに隠した
たぶん九歳だった
飛行機から降りたあとも耳が痛くて
狭い通路を歩きながら音がぼわぁん歪んで
知らない人たちの言葉は何を話しているのかわからないまま
混ざりあって濁って押し流されてゆく
幼稚園のとき川で溺れて死んじゃった子の声もそのなかに
聞こえた気がしたけど誰にも言わなかった
高い天井で蓋された空港は不思議なにおいがする
スパイスのにおいよ、と教えてもらってもスパイスって何なのか

まだ知らない
ぺったんこの胸と腹
ここにいるあいだはぶっそうだからって男の子の服を着せられたから
僕、って言ってみたらいつもよりずっと速くはやく
いつまでも走れる気がした
やさしいふりもかわいいふりもしなくていい
土埃の交差点でほらって差しのばされたおかあさんの手を
振り払って駆け出す
白い魚みたいに指が後ろでちりちり揺れたって振り返らずに
人と犬と自転車とリヤカーと牛とバスの泥流をすり抜けていく
僕、をつかまえることはできないよ
あつい風にまみれて頬も首もくるぶしもあっというまに黒く
固くつよくなる骨を抱いてそのまま
やわらかな泥にとろけるように眠れば
捏ね直されて朝に目覚める僕のかたちは新しく

すり抜けていく
食べものは右手でちぎる
新しい舌は辛いものにたくさんの味があることを覚え
「ありがとう」と「こんにちは」と「さようなら」を覚え
汗はすっぱいにおいがし始めて
鈍器に似た昼の光に焼かれて乾く僕の輪郭は
塗り重ねられてはみ出して
笑うように泣くようにぶれていく
ねえ君のことは夢?
あとになって僕がこしらえたのかな?
広場で会って
いっしょに走ったよね
屋台のガラスケースに並んだ極彩色のお菓子の名前を僕に発音させて
壊れかけの大きな館の庭をのぞける石塀の穴を指差して
とくべつな葉っぱを見つけて嚙むことを教えてくれた君と

真赤に染まった口のなかを見せあって笑った
まだ知らないはずの口づけのようにどきどきした
新しいかたちはどれも眩しくおそろしく
曲がりくねった路地は果てしなく
僕たちはぜったいに地球を二、三周したよね
それからお祭りみたいにスコールがこの世のすべてを打ち鳴らすのを
濃い緑の葉を繁らせた木の下で並んで聴きながら
「ありがとう」と「ぼく」と「きみ」と「ここ」と「あっち」
覚えたのに
君の声を思い出せない
ねえ夢だった？
路地の奥には市場があった
むせかえるように熟した果物が積み上げられた隣に
ぶあついガラス瓶のひしめく棚
色とりどりのジャムは午後の日射しに舐めつくされても減らない

僕はうっとり順番に眺めて
ママレード
ママレードのジャムの瓶のなかに蟻が入っていた
君が僕を呼んでいる
聞こえないのに呼んでいる
それは君だけが知っている九歳の僕の名まえ
オレンジ色に包まれてえいえんに耀く闇の粒が浮かんでいる
さようなら、は
言わなかった
それからお祭りみたいに時間がたって
今朝の食卓のママレードのジャムの瓶に蟻は入っていない
わたしのなかのどこかに浮かぶ九歳の僕を
君を
さぐろうとのばした指が白い魚みたいにちりちり揺れる

人工

頬といえば林檎のような、
だけど微細な産毛が生えてるし指で押さえると凹むから
むしろ桃なんじゃないか
むしろ開いたまま乾いて粉っぽくなったビニール傘かも
きみを触ったとき
きみに触られたときのことを思い出しながら
鏡の前で顔をこしらえる
難儀だ
朝がくるたび今日の「わたし」を組み立てなくちゃ
目覚めるとシーツのうえでばらばらになっていて
昨日はあとかたもない

ゆっくり瞼を開いて
慎重に指先を動かすところから始める
腕もおなかも背中も脚も拾い集めて
手探りでつないでいかなくちゃならない
どこもかしこもぐにゃぐにゃとたよりなく
ところどころ冷たく固まっていびつになっているけれど
しかたない
キオクとかココロとか枕の下かどこかにカケラが紛れ込んで
見つからないままつないでしまうから
とても脆い
糊も接着剤もないせいだ
小学生じゃないのでよくできましたの丸はもらえないし
コンビニくじで当たるのは欲しくもないエナジードリンク
きみが言うまた逢おうねってセリフは効き目が弱く
どこをどう舐めてくれたかなんて覚えていられないから

化粧水と乳液とファンデーションで
つなぎとめる
アイブロウペンシルとマスカラとリップグロスで
縁取っていく
つくりものの「わたし」
いいえ、天然です
健康です
と、じぶんにも世界にも言いきかせるように
桃色のチークをのせる
キモチにも
そうだね何もしなくても林檎で桃色の頬だった頃は
大人になるって体がおおきくなることだと思ってた
ばらばらになることだなんて思ってなかった
指も唇も頬もあそこもじぶんのものなのに
少しずつじぶんじゃない誰かのもの

ちょっとくらいはきみのもの
かといってきみのおもうままにはならないよ
「わたし」のおもうままにだってならない
それはおなじこと
それはかなしくてさみしいから
たまにちょっとくらいは翳っていいよ
そうしてつくられた今日の「わたし」は
まだない明日へ向かって少しずつ壊れながら
電車を乗り換え
ごはんを食べ
生きたぶんだけ少しずつ世界を壊していく
でも、へいき
またつくるから
なんどでもつくれるから
つくられるから

ガールズワーク

いつもより少し早起きした週末は
むかし買ったお気に入りのワンピースにあわせて
明るい色のタイツを選ぶ
メイクは仕事に行くときよりずっと楽しくて
ネイルも髪もオッケーきれい、ということにして
小走りに待ち合わせの駅改札に到着
先に来ていたひとの薔薇色の頬をうっとり眺め
最近みた映画のことなんかを話しているうちに
皆あつまったから歩き出す
信号は青
快晴の日曜日にわたしたちは

いっしょに作業する
わたしたちのうちの一人の部屋は陽当たりがよく
ベランダには洗濯したてのシーツが翻り
窓の下で公園の樹木が輝く
あたたまったフローリングの
思い思いの場所にクッションを抱え込んで座り
紙を折って
パンチで穴をあけ
重ねてホチキスで綴じる
まっすぐに
歪まないように
祈るみたいに
おしゃべりしながらリズミカルに手を動かしていく
食べながらやろうよって
お茶を淹れそれぞれの手土産をひらく

ちょっと遅れてきた子はマカロンを持ってきていて
真新しい色鉛筆みたいなパステルカラーに
どれを摘むべきか迷ってしまう
デパ地下のショーケースで眺めるたび
こんなに美しくて贅沢なものを食べていいのだろうかと
うしろめたくて
自分で購うことなんかとてもできなかった
だけど今日ここでならきっとゆるされる
サクサクした歯ざわりの心地よさも
やわらかな甘酸っぱさも
ああそれはフランボワーズだよと教えてくれる
艶々したくちびる
わたしが持ってきたカリントウもどうぞ
ねえきっと世界のあらゆる場所で女の子たちは
わたしたちみたいにおしゃべりしている

布を織りながら
方程式を解きながら
餃子の皮を包みながら
かわいい子どもたちのこととか
使えるカフェのこととか
鎮痛剤の選び方とか
酷いやつのこらしめ方とか
あまくて儚いお菓子をくちのなかで溶かして
今日をとかして
手を動かす
作業するわたしたちは何をつくっているのかできるのか
ほんとうはわかっていないのかもしれないね
わからないまま
指先はやわらかくたやすく祈りを越える
午後は始まったばかり

スイカタイフウ

雨が降り出す前に
自転車に乗って
おおきな果物を運ぼう
ふたつもらったうちのひとつを
ともだちにあげる
こわれないようにやわらかく包んで前カゴに入れ
オスソワケオスソワケとペダルを踏んで
坂道を上って
踏切を越える
おおきな台風が接近中だ
テレビ画面では赤く丸いかたちで示されていた雨風が

もうすぐここに届く
吹き荒れるのだ
交差点を曲がるわたしの額に
やがて降る雨粒のように汗が滲み
鼓動が少し速くなる
脇道から出てきた車を避けようとあわてて転んだなら
前カゴから丸いかたちは転げ落ちてこわれ
赤く飛び散るだろう
吹き荒れるつめたい血のようにアスファルトを濡らして広がるのを
見たい気持ちになりそうで
ハンドルをにぎるてのひらに力をこめる
こわさないように
こわれないように
先週ともだちがわけてくれたサクランボはきれいだった
出かけるついでに朝の駅で待ちあわせて受け取って

夜の部屋でひとり食べると光の味がした
いつまでもからだのなかが明るむみたいに
思い出して
届けに行く
スイカスイカとペダルを踏めば
やがて切りわけて食べるひとの唇を濡らしながら
からだのなかを甘くゆるませる雫は
薄い血のように見えないところへ滴って
体温に近づいていくだろう
触れあって
混じってゆくわたしたち
汗と雨のように
果物と果物のように
果物とからだのように
見えないどこかでちいさなキスを繰り返す

吹き荒れてもこわれないように
こわさないように
行く
雨の最初のひと雫だろうかわたしの汗だろうか
アスファルトにちいさな丸いかたちを残し
台風は自転車のスピードで接近中

空の轍

ひびの床に
あしを着けることができなくなって
どこへ行くこともできなくなって
かわりに
脚立のあしをひらいた
壁際で折りたたまれていた金属がきしみ
夕暮れかもしれない明け方かもしれない光が窓辺できしみ
ふたつの梯子が斜めに寄りかかりあってそれきり動かなくなった形の
短く切り取られて冷えた地平線のような段に
あしを置く
ひとつ

汚れた床から埃みたいに浮かんで
またもうひとつ
登って
それはきっと仮の夜明け
天板に座る
このまま脚立に登ったときは古い電球を取り替えた
死んだ甲虫に似てひっそりと滑らかな感触が
まだ指先に灯っている
今は取り替えるものもなく
ふたつの腕をせいいっぱい伸ばしても
掌にはなにも触れない
みえない轍をなぞるようにゆらゆらと指が
ふるえる空中をみあげている

微かに風が

閉め残した窓から吹き入ってきて
放課後の窓辺みたいに褪せたカーテンを
ひるがえらせる
薄い日差しに透けて攫われそうに
やわらかくふくらんだカーテンの内側に誰かが
隠れていてわたしが探し当てるのを待っているわけじゃない
そこには誰もいない
なのに思い出しそうになる
誰かといっしょにカーテンにくるまって
ないしょ話の目配せをした放課後などわたしにはないのに
揺れる布がくすぐったく頰をかすめ
ひみつの約束を花蜜のように分けあって笑いながら
口づけた記憶などないのに
時間と時間のすきまに落下するみたいに浮かんで
ひらかれて羽ばたいた唇の

あまいきしみ
甦る
ないはずの
これは誰の記憶

わたしのなかの
やさしいゆうれいたちがひるがえる
手を振っているのかもしれない
忘れてもいいよ　と
忘れないで　と
揺れている
わたしは手を伸ばすけれど
指はなににも触れずに
どこにも届かずに
ふるえて

歪な轍を空にしるし続ける
思い出さなくていいよ
思い出して
それはもうないんだから
どこにもなかったんだからそのまま
あとしばらく
少しだけ
天板に座っている
わたしのかわりに脚立が力強くひらいたあしを
地に着けて立っていてくれるから今は
たどり着くことのない轍を空に
捧げている

寝台

目覚めると、わたしの寝台は街の人びとが行き交う交差点の中央に設置されていた。簡素な白いシーツに覆われた寝床は人の胸ほどの高さで、不似合いに豪華な天蓋から垂らされて寝床を覆う布は薄く半透明に透けている。歩行者用信号が青になると人びとは右から左へ、左から右へ広い通りを渡りながら、関心があるのかないのかわからない目つきで寝台のなかのわたしをちらり覗き込んで過ぎるのだった。遺物のようにシーツにくるまれた体は、知らない人びとのなまぬるい視線を降り注がれ、注がれ続けてついに溢れこぼれるように、わたしを目覚めさせたのだろうか。足音が聴こえる。寝床のぐるりを囲う低い柵に遮られて歩く人の足元は見えないが、無数の足音は寝台を避けて流れ、歪んだ線を描きながら交差し、渦巻いている。渦のなかからあわあわと声が浮かんでくる。なにを話しているのか理解できない。きれぎれのコトバが擦過してゆく。わたしには意味のない切れ端だけが届く。流れ着く芥に似たコトバ。笑い声。歩行者用信号が赤に変われば、それらはすべて拭い去るように奪われ、車の響きが轟き始める。天蓋から垂らされている布がわずかに揺れ翻った。

わたしは裸で、肩先からシーツを滑り落として半身を起こす。人びとは通りを渡り、信号は変わり、数え切れない車が過ぎる。それらは皆どこへ行くのだろう。遠く消え去り、二度と戻っては来ない。もしかしたら同一の人や車が行ったり来たりを繰り返しているのかもしれないが、わたしには見分けがつかないから、同じこと。なにもかも二度と戻っては来ない。わたしはなぜここにいるのだろう。眠る前のことが思い出せないのは、ずいぶん長く眠ってしまったせいか。眠る前のわたしはどこにいたのだろう。残りの半身もシーツを離れ、立ち上がって、低い柵を乗り越えて、寝台の外に出たとして、それからどうすればいい。どこへ行けばいいのか、わからなくて、動けなくなる。動かないわたしの傍らを過ぎてゆく人も、車も、どこかへ行こうとしていて、わたしにはそのどこかがない。また信号が変わる。

若い女が、隣を歩く男の話すのを聞いている顔つきのまま、ふわりと視線だけ漂わせてわたしの頬に触れてゆく。老いた男が、杖を持っていない方の手をほとんど無意識のように寝台を覆う布に這わせながらやって来て、布越しにわたしの足指を一瞬だけとらえる。そうしてすぐに離れてゆく。取り残された中州のようにわたしは動けない。眠っている間も、こうしてわたしは見られ、触れられながら、取り残されていたのだろう。広場の噴水か、舗道の端の公共彫刻みたいに。だとしたら、ずっとこうしてここにいることが、わたし、なのだろうか。擦過する視線が、音が、わたしを閉じ込める。つなぎとめている。

夜には街路は静まりかえる。人影もなく、思い出したように車の音が遠くから響いてきて、交差点を過ぎる瞬間に寂しく歪む。寝台を覆う半透明の布の向こうで、信号だけが赤く、青く、点滅するのが滲んで見える。どこかに行ってしまった人びとは、今頃はどこかの寝床で眠っている。わたしはここで目覚めている。わたしは眠らない。眠ることができなくなった。わたしのなかの眠りはもう一滴も残っていない。
ひっそりシーツにくるまれて横たわっていると時おり訪問者がある。ひとつ前の夜、寝台を覆う布の裾がゆっくりめくり上げられたかと思うと、アルコールと汗と血のにおいが流れ込み、赤茶けた長い髪をもつれさせた女が寝台に這い上がってきた。唇の端と瞼から流れた血が固まって、薄い色のワンピースに点々と散っていた。腕かどこかにも切り傷があったかもしれないが、すぐにわたしのシーツにもぐり込んでしまったので、よくわからない。わたしは体を寄せて場所をつくり、獣のようなにおいを嗅いだ。汗をかいているのに肌がかさかさに乾いていて、秋の樹木みたいに固い体だった。固い体は小刻みに震え続け、荒い息が少しだけ落ち着くともうシーツをはねのけ、寝台を飛び降りて走り去っていった。アルコールと汗と血のにおいがしばらく残った。

そんなことがあると、夜明けにやって来る二人組の清掃員はほんのちょっと悲しげな顔をする。シーツを取り替え、わたしの体についた人の血をていねいに拭き取る。柵や寝台のすみずみを点検し、きれいにする。

二人組の清掃員がもっと悲しそうな顔をしたのは、訪問者が若い男だったときのことだ。いくつか前の夜、寝台を覆う布を乱暴に持ち上げ、一人の男が素早くあたりを見まわしてから寝台に入り込んできた。夜の暗さに顔はよく見えなかったけれど、赤い信号の光を反射した瞳は思い決めたような強張りを宿してわたしを凝視した。シーツを剝ぎ取り、わたしの足首を両手でつかんで開かせると、男はもうわたしを見るのをやめてしまってただ粗雑な動きで体ばかりを擦りつけてきた。汚れをこちらになすりつけようとするみたいに。やがて駆けつけた二人組の清掃員が男をわたしから引き剝がしたとき、なにか短く、鋭い声を発したようだが、わたしにはやはり聴き取れなかった。寝台の外に連れ出された男の体は、薄明るい朝のなかで死んだように力を失ってくたくたと崩れ落ちた。本当に死んでしまったのかもしれない。二人組の清掃員はいつもよりもていねいにわたしの体を拭い、男の手指の跡が赤く残った足首を根気よくマッサージしてくれた。

今夜の訪問者はちいさな子どもだ。さっき、寝台を覆う布の下の方がもそもそと膨らんで、目を瞑ったままの子どもが頭から先にあらわれた。寝台によじのぼり、広くはない寝床で立ったり座ったり歩きまわったりしている間も、目を閉じたまま。眠っている子どもだった。子どもが夢をみながらここまで歩いてきたのだとしたら、この寝台もわたしもこの子どもの夢のなかに存在しているのかもしれない。不安定な子どもの奇妙な夢のなかに。子どもが目覚めたらわたしも寝台も消えるのだ。

けれども、ひたひたと足音が近づき、母親らしき女が寝台を覗き込んでああという息の音に近い声を出したあとも、わたしと寝台は消えなかった。子どもは眠ったまま女の腕に抱きとられ、一瞬、女はわたしを見てかすかに笑いかけるような、何か言おうとするような表情をし、結局は何も言わずに行ってしまった。

雨が降り出した。この寝台を覆っている布は何でつくられているのか、雨や風は入り込まない。わたしは半透明の向こう側の雨を、濡れてゆく街路を眺める。昼になっても雨は降り止まない。雨に傘を傾けながら行き交う人びとに、わたしは眺められる。車が飛沫を跳ね上げる音が長く引き伸ばされる。

あれは、わたしだったのだろうか。森のなかの城の奥深く、指を針に刺されて眠り続けていたのは。わたしはその話を知っていた。思い出した。何百年か経って、森を通り抜け城に入り込んだ王子が、眠っていたお姫サマを起こすのだった。けれど、もしも誰も来なかったとしたら。眠り続けるしかない。いつまでも。ないのだろうか。いつまでも。なかったのだろうか。いつまでも。誰も来ない。森はやがて切り崩されて開かれ、街ができて、街路が伸び、城は壊れ去る。ただ寝台の上の眠りだけが、どうすることもできずに残される。その眠りは誰のものでもない。誰も来なかったのだから。やって来たのは街だった。街が眠りを所有する。わたしを所有する。

いつまでも、雨が降り続く。何日もなんにちも。信号の光は濡れて溶けたように滲み、昼間も人影が途絶えがちになる。車も来ない。いつも夜明けにやって来る二人組の清掃員が、二日に一度になり、三日に一度になり、もう何日も来ていない。寝床の周りの柵から身を乗り出して覗くと、地面は薄く水に覆われている。水は紙屑やビニール袋や錆びた空き缶を浮かべたまま、ゆっくりと流れ続け、尽きることがない。わたしは寝台を覆う布を内側から持ち上げ、水のにおいを嗅ぐ。人で濁った水のにおい。でも、誰もいなかった。わたしの顔が細かな雨滴に濡れる。信号は消えている。

どこかで水を踏む音がした。道の遠くに人のかたちがあらわれる。水の流れのように揺れながら、近づいてくる。王子だろうか。いいえ、わたしはもう目覚めている。けれど、わたしは待っている。近づいてくる何かがここに届くのを、待っていた。ここがどこかになるのを、ずっと待っていたのだ。

女だった。女のかたちをしていた。髪も体もずぶ濡れで、服をぴったり皮膚にはりつかせ、歩いていた。たどり着いて、女が寝台を覆う布をつかんだ瞬間それは音もなく破れた。わたしは女の顔を見た。見覚えがあるかどうか、わからない。いつかここを通り過ぎたことのある誰かだろうか、傷だらけで寝台に入ってきた女はこんな顔をしていただろうか、あの母親は。女はわたしを見ると、口が裂けたかと思うような奇妙な笑い方で、笑った。

寝台に上がってきた女はわたしの隣に横たわった。これはわたしの娘だろうか。それともわたし自身だろうか。女は眠りかけている。これからまた何百年も眠って過ごすのか。わたしは女の腕に触れる。濡れて冷えた肌。滑らかな感触と体温が、わたしの指からもっと深くへ流れ込む。首筋と、耳と、目尻を撫でると女はゆっくり目を開けて、眠っていないから大丈夫、とでも言うようにまた笑った。わたしも笑う。

寝台が揺れている。わたしたちもまた、溢れる水に流され始めているのかもしれない。城ではなく、森ではなく、街でさえないところへ、わたしたちは届く、だろうか。

世界が魔女の森になるまで

ひとりになったら森へ行く
毎日それればかり考えながら目が覚める
アラームはちゃんと鳴ったのにお母さんが起こしに来て
のろのろパジャマを脱ぐわたしの身体をこっそりチェックしてること
気づいていているけど黙ってる
わたしは妊娠なんかしないよそれより森に行きたい
こっちを見ないお父さんにおはようって声をかけるのは
殴ったりお風呂をのぞいたりしないのならいいお父さんだよって
クラスメートが言ったのを忘れないため
森は遠い
学校の制服はどんどん窮屈になる

誰かが話すのを笑って聞いているフリばかり上手になって
どこにいてもどこかが痛かったはずなのに感じなくなっていくから
ほんとうは少し泣きたい
消えて無くなることだけが誕生日に欲しいもの
そう祈っているのはわたしだけじゃないのかもしれないけど
みんな言い出さないうちにチャイムが鳴る
授業が始まったらケイタイは鞄の中
きれいに小さく折り畳んだ手紙がまわってこない限りひとりきり
三角関数を解きながら
森へ行くんだ
θの窓をこっそり開き
ふくらんだ胸を憎めばいいのか誇ればいいのかわからなかった身体を
脱ぎ捨てるようにくねらせてくぐり抜け
森へ走り出す
わたしと森を薄く隔てているのは皮膚だろうか光だろうか

一歩ごとにあわあわと溶けて滲んで
間違えるとキャラが違うよって笑われて閉じ込められた輪郭を失い
森の身体は月のようにただ気持ちよく揺れる
もう知らない誰かに勝手に使われたり奪われたりしなくていい
かわいいとか幸せそうとかおもわれなくてもいい
わたしがわたしじゃなくたっていい森の
秘められた水の辺にはわたしかもしれないひとたちがいる
揺れながら透明な涙をこぼしたり静かに歌ったり
夜のように細い指をときどきつないだりする
わたしに似ているかもしれないひと
わたしとぜんぜん違うかもしれないひとが
そこにいるのを知っているから
ひとりになれる
森を
かたちの定まらない身体の奥に潜ませて

生き延びる

男が眠ったら森へ行く
ごはんをつくって洗濯して掃除して
いらっしゃいませ何名さまですかって微笑んでハンバーグ運んで
買い物して保育園に寄ってクリーニングを受け取って
子どもたちをお風呂に入れて可燃ゴミをまとめて食器を洗って
こぼしたミルクを始末していると忘れそうになるけど
自分の名も忘れそうになるけど
忘れない
森へ
キッチンの床は冷たい
忙しい男は今日も帰りが遅い
おなかをすかせているだろうから何か用意しようとしても

動けなくてぼんやりキッチンの床に座り込んでしまう
帰って来る男はいつも不機嫌だ
座り込んだわたしを見て笑ったり声をかけたりできないほど疲れているのは
かわいそうだとおもう
おもうことにする
あとで畳もうと山積みにしておいた洗濯物を無造作に踏まれたとき
泣いたりしないために
男の腕が欲しかった頃もあったけどもういらない
だからわたしを抱くかわりに深く眠ってくれるよう蒸留酒を差し出す
あっというまに飲み干されて流しに置かれたコップの
木の匂いだけが好き
かわいそうな男の寝息を背に
乾いて迷路みたいな皺を繁茂させる洗濯物をかきわけ
森へ行く
ひとりきりでゆっくり歩く

ここではおかあさんとかねえちょっととか呼び止められはしないから
わたしはこっそりわたしの名を呼ぶ
唇が震えて
森がふるえて
やがてこたえるようにあたたかく雨が降ってくる
この身体を包み込んで濡らす無数の水滴は流れ落ちてつながって
暗く透き通った空までつながってわたしを満たす
草の芽の匂い
呼ぶ
マユミ、
アズサ、サツキ、カエデ、
ミズキ、ナツメ、フヨウ、モモ、イブキ、カリン、ナギ、
森のどこかにいるわたしのようなひと
潤う声になって呼びあって
夜を越えていく

化粧を落としたら森へ行く
これ以上お給料が上がらないことに腹を立てるのに飽きて
きのう買った新しい口紅は発色がいまいちだ
会議録をまとめていたらお昼を食べ損ね
思いがけず生理がきたから
鎮痛剤もなく
チークを濃くして電話を取ればにこやかに応対する
呪いたいことはたくさんあるから森をおもう
わたしの内側に芽吹くものをアイライナーとマスカラで隠し
鎧うように仕事をする日々の果て
これがわたしのやりたかったことかどうかさえ
よくわからなくなっている
週末には出かけたいところも好きなものもあって

ひとりでいるからずっと出かけずに何もしなくたって怒られない
だけどひとりでいるから知らない男につきとばされたり
かわいそうにって顔で見られたりするんだろうか
そんなことには慣れているはずなのに
自分で自分の機嫌をよくする方法は身につけたはずなのに
なぜだか今日は無理で
週末じゃなくて今
森へ行きたい
顔を洗うやわらかな水が欲しい
家に帰るまでがまんするなんてできない
遭難者が水流の音をめざしてさまようみたいに電車を降りれば
駅のトイレにはわたしと同じように
化粧したひとたちがそれぞれ何かを堪えながら
鏡の前に並んでいる
ポーチからクレンジングをつかみ出して乱暴に

今朝つくった顔を洗い流すのをじっと見られているとわかるけど
かまわない
わたしはもう森にいるから
深くふかい息をする
水を滴らせた顔は青ざめた月のよう
うつくしくなく醜くもなく大人でも子どもでもない
ただ剝き出しで
ふわふわと頼りない
夜の鳥をまねて羽ばたけば飛んでいけそうだ
大声で笑い出したい
揺らぐ足元に落下したハンカチを
隣に立つひとが拾って手渡してくれた
そこは森の水の縁
囀りのように波紋は生まれ広がっていく

死なないように森へ行く
怖いわけじゃないし
長いこと生きたからもういいようなものだけど
わたしひとりの部屋で自分の世話だけすればいい日々を
やっと得たのだからもう少しと願うのは欲張りではないでしょう
古い木造アパートの一室は
子どもたちや孫にとっては訪れにくいらしく
おもったとおりめったにやって来ないからさびしくてうれしい
澄んだ空気を胸いっぱいに吸うと
森は明るんでいく
草木がそよぎ
仄かに白く葉裏は翻る
鳥が鳴いているのは水の向こうだろうか
ちがう、壁の向こうだ

アパートの壁はとても薄くて
隣人がくしゃみしたり鍋を落としたりする音がたまに聞こえる
電話で泣きながら叫んでいたこともあった
意味はわからなかった
ときどき廊下で見かけるあの若い女の子の声は
海の向こうまで届いていたのだろうか
今はたぶん誰かと抱き合っている
生きている
どうかしあわせでありますように
隔てられて祈りながら目を閉じるわたしも同じ夜に揺られ
森にいる
やさしい夜に覆われて失った身体の輪郭は
波のように何度でも生まれるから手のひらで確かめたい
指先で触れる皮膚の
幾重もの時間を蓄えた樹木に似てかたく乾いた感触

その内側の奥深くには澄み切った水がある
呼びかければこたえるように
満ちてくる
ああとても気持ちいい
わたしとわたしの身体は気持ちよくなれるって
こんなに上手に自分を気持ちよくすることができるって
誰も教えてくれなかったけど
もう知っている
痛いこととか男たちのこととかもうがまんしない
なんて素敵なんだろう
この世界を踏み砕く魔法を囀りたいわたしの
ひとしずくの夜はつながって壁を越えわたしたちの森へ注がれていく
永遠の水のようにどこまでもあふれこぼれて

曖昧なカンガルー

キャロルさんの家のテラスからそのままスニーカーで外に出て、ゆっくり翳ってゆく光のなかを裏山へ向かった。午後の乾杯のあと居間のソファでうたた寝してしまったわたしを起こしてカンガルーを見に行きましょうと連れ出してくれたリナさんが、少し先を歩いて行く。この辺りにもカンガルーはたくさんいて、夜明け頃や夕方に出てくるんです。……曖昧な明るさ。というコトバが胸に灯る。ありがとう、起こしてもらえてよかったです、明日には帰らなければならないのだし。山への斜面が思ったより急で、滑り落ちそうになる足裏に力をこめて前のめりに踏みしめた瞬間、子どもの頃に住んでいた市営住宅の背後の山を駆け上ったときの角度が、ふいに身体の奥に蘇ってきてなまなましく傾く。ぐらり揺れて散るように消える。あの斜面はもうこの世のどこにもない。家も。遊歩道めいた細い道まで上がりきって振り向くと眼下にキャロルさんの家の屋根が見え、遠く滲むように街が広がる。落日の光は繊細に張り巡らされた蜘蛛の巣のよう。包み込まれる。さっきソファで眠っているあいだ、居間やテラスにいる皆の話し声が微かにずっと聞こえていて、いみはわかるようなわからないような、細波に似た音の響きだけが届いて、あれも包み込まれるみたいだった。透き通った水のプールを歩くように、夕暮れを登っていく。

浅い春の風は冷たく、わたしはダウンジャケットのファスナーを首元まで上げる。明日の夜には夏の暑さの残る九月の東京に着地するのだとかんがえるとかるく混乱して、肌が境界線上をゆらゆら惑う心地。土と草と小石を踏む。リナさんに問われるまま、わたしは身体が弱く運動も勉強もダメだったしいつも置いて行かれて他人とまともに話すこともできないぼんやりした子どもだったんです、などと話しながら坂の途上で、あっあそこ、というリナさんの声。見れば草地に何かいるのだった。びっくりしたみたいに固まってこちらを見つめている生き物のかたち。佇んで見つめ合ってしまう。好奇心と警戒で緊張している。わたしも。同じように二足で立って真正面から向かい合えば、同じような生き物にしかおもえない。あ、傍にもうひとり。わたしは誰と向き合っているのだろう。何と。他にもいる。家族のようなグループなのだろうか。近づくならジグザクに大きく迂回して、目は合わせず視界の端でとらえながら歩いて行ってみて、立ち止まらずにね。リナさんに教えられた通りやってみるといつのまにか本当に近くまできている。わたしに近い生き物。距離が縮まるにつれ周りにいた子たちはばらばらと草の坂を跳び下っていき、今はひとりだけ。わたしも。あなたは誰。おもうまもなくふいっと横顔になって、ついにカンガルーのかたちになって、草地を跳び去ってしまう。遠い生き物。さよなら。踵を返してリナさぁんと呼ぶと、枯れた木枝の向こうからはーいと返ってきた。

キャロルさんの家へ戻る道は少しずつ夜を深めてゆく。ぼんやりした子どもが詩を書くようになった月日のこととか、途切れた話を続けながら下る。ゆるくカーブする道の崖の際に、何かあるのが薄闇のなかでもわかった。横たわったカンガルーのかたち。まだ骨にはなりきっていない。小さいから子どもだったのだろう。こんなところで死んじゃうんですね、と立ち止まらずに呟くと、そう、不思議ですよねとリナさんが言う。カンガルーの死骸って何度か見たことあって、いつも崖の下なんですよ、落ちて死んだのかなって思うしかないんですけど。えっあんなに力強く跳躍して急な斜面を軽々と移動していく生き物なのに？　……でも、そうかもしれない。たくさんいれば調子にのって失敗する個体や、はなから運動神経わるくてついていけない個体がいたって、おかしくはない。そうだ、わたしがもしカンガルーだったら絶対子どものうちに死んだだろう。崖を跳び越えられず、どんくさくもあっけなく落ちて死んでしまったにちがいない。だから、あれはわたしなのだ、と思いながら遠ざかる骨はやわらかく夜に溶けてゆく。曖昧に。なのに生きているんですよね、わたし。わたしは笑う。詩を書くのをやめようとおもったことは一度もないです。笑う。リナさんが振り返る。急な斜面を滑るように下れば、テラスへの階段はすぐそこ。……曖昧な生。というコトバを胸に灯して、着地しない夜のほうへ。

氷砂糖を銜える

誰かになにか言いたい気持ちが
深い夜の底で震えて
半透明の薄い翅が折り畳まれたまま
濡れて背中から半身に
纏わりついているみたいに
眠れなくなる
「誰か」なんていないし
言いたいことなどひとつもないのに
寒い闇のなかで目を見開いている
たとえばあいしてるとか
なんでもいいから言えたらいいのかな
昏は雨の日の花びらの二枚のように

おもくかるく触れあいながら
幻のかたちを口にしようとするけれど
そんなふうに羽ばたくマネをしたって
どこへも行けないよね
この躰の外すべて果てしない世界
つめたくて甘いのは世界なの?
それとも触れているわたしなの?
朝は向こうからやってくる
おそろしいモンスターのように訪れるあたらしい光
ぱりぱりと痛い翅を広げて
小さな虫なのかもしれないなわたしは
きっとすぐにとけてなくなる
きょうという光のなかに
この躰のかたちの闇をしるして
とべ

著作一覧

詩集

『水姫』（一九八五、書肆山田）
『綺羅のバランス』（一九八九、書肆山田）
『デルタ』（一九九一、思潮社）
『液晶区』（一九九三、思潮社）
『ガールフレンド』（一九九五、七月堂）
『ボーイハント』（一九九八、七月堂）
『EXIT』（二〇〇一、ふらんす堂）
『lives』（二〇〇二、ふらんす堂）
『やわらかい檻』（二〇〇六、書肆山田）
『半島の地図』（二〇〇九、思潮社）

『現代詩文庫196　川口晴美詩集』（二〇一二、思潮社）
『Tiger is here.』（二〇一五、思潮社）
『ビタースイートホーム』（二〇一八、マイナビ出版オンデマンド）

共著
『女子高生のための文章図鑑』（一九九二、筑摩書房）
『男子高生のための文章図鑑』（一九九三、筑摩書房）
『ことばを深呼吸』（二〇〇九、東京書籍）

アンソロジー編・解説
『名詩の絵本』（二〇〇九、ナツメ社）
『名詩の絵本Ⅱ』（二〇一〇、ナツメ社）
『詩の向こうで、僕らはそっと手をつなぐ。』（二〇一四、ふらんす堂）

やがて魔女の森になる

著者
川口晴美
発行者
小田久郎
発行所
株式会社思潮社
〒一六二－〇八四二　東京都新宿区市谷砂土原町三－十五
電話〇三（五八〇五）七五〇一（営業）
〇三（三二六七）八一四一（編集）
印刷・製本
創栄図書印刷株式会社
発行日
二〇二一年十月二十日